浪花朵朵

飞往月亮的列车

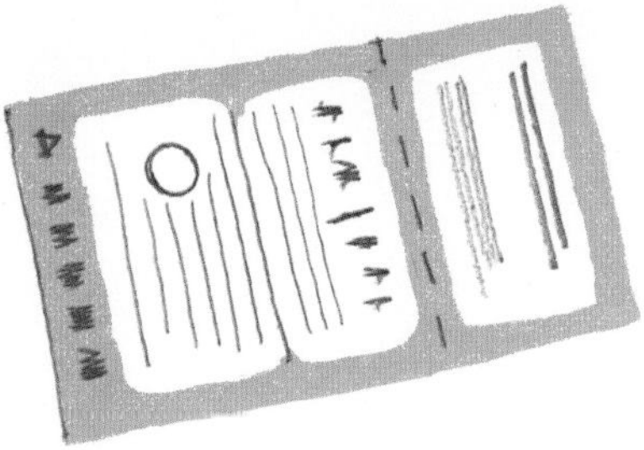

罗大里童诗集

[意]贾尼 · 罗大里 著
[意]卢卡 · 塔格利亚菲戈 绘
毛蒙莎 译

上海人民美術出版社

目录

序言 001

站内站外

火车站 3

一部杰作 5

候车室 8

红灯 10

27 号道房 13

各式火车

慢车 17

货运列车 21

卧铺车厢 22

军用列车 24

走南闯北

火车上的胖先生 29
隧道 30
六千列火车 32

冲出地球

好想有一天 37
太空火车站 39
飞往月亮的列车 45

人间百态

三等车厢·二等车厢·头等车厢 51
看海的孩子 55
车窗外 57
火车上的移民 62
火车上的割稻女工 65

作者简介 66
译后记 68

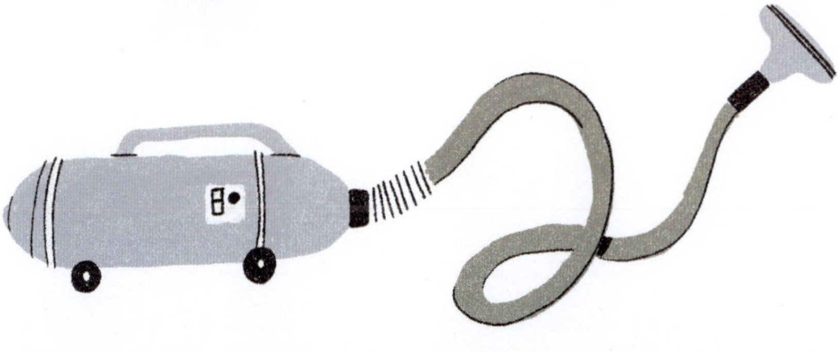

序言

大卫·托林/文

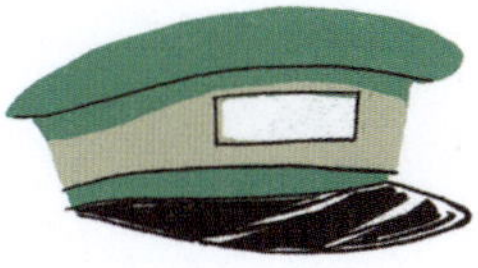

在贾尼·罗大里的创作中，“火车”是一个反复出现的主题。罗大里在他的创作初期就早早地将我们领进了火车的世界。《贾尼·罗大里传》的作者马尔切洛·阿尔吉利曾解释说，这一切的原因或许可以追溯到1929年：当时，在小贾尼的父亲过早地离世后，他被母亲送去未婚的姨妈家中寄养了几个月，而这位姨妈刚好在加维拉泰火车站站长家里打工。年仅九岁的罗大里尚未从失去父亲的伤痛中走出来，便发现自己已置身于火车站童话般的氛围之中。他就这样迷上了来来往往的火车以及与火车有关的一切，不由自主地沉浸在对旅行的种种幻想中，心里或许还对那些来去自由的旅客怀着一丝妒意。

一开启作家生涯，罗大里便将笔墨投向火车，先于1952年创作了《火车童谣》，两年后又创作了《蓝箭号列车历险记》（经修改后，于1964年更名为《蓝箭》）——这部小说的主人公之一，便是一列从婆婆的铺子里成功出逃的电动玩具小火车。

慢车、直达特快专列、道房、车站……“火车”这一主题在罗大里长达三十年的创作生涯中反复呈现，屡屡被这位来自奥梅尼亚小城的作家织进作品里。

作为20世纪最会给孩子们讲故事的作家，罗大里为我们描绘过不计其数的火车。这些火车车厢载着移民、士兵和割稻女工，载着陈腐的传统（罗大里对此持嘲弄态度并与之保持距离，同时也让我们提高警惕），载着我们视而不见的诗意与无暇展开的奇想……

欢迎坐上贾尼·罗大里的火车，在惹人发笑、引人深思的诗行间穿梭——去玩耍，去选择，去行动，去阅读这个世界并试着把它变得更加美好。

站内站外

火车站

哇，火车站是多么重要！
听，喇叭里正在庄严地播报：
“开往‘任意镇’的特快列车，
请在九号站台等待出发信号。”

哇，火车站是多么懂礼貌！
每当发生晚点，它便会忙不迭地把歉道：
“慢车还在一边冒烟一边鸣笛一边往这儿跑，
究竟几点能到，这会儿还无从知晓……”

等列车终于姗姗来到，

火车站当然要做个自我介绍：

“本站是‘某某站’，

所有乘客都请在本站下车。”

一部杰作

火车时刻表
真是一部杰作！

所有站名、所有车次，
一个不落，全在里面。
随便哪趟列车
出发抵达的时间、
沿途停靠的站点，
只要你问，它从不傻眼！

撰写时刻表的人
真是了不起的天才！
既言简意赅，
又值得信赖。
从前那些占卜师，
怎敢和他比试预言未来！

候车室

谁无家可归，谁没床可睡，
就会走进候车室这座堡垒。
一条长凳，已经足够；
两个包袱，便是枕头。

检票员心想：
天晓得这位乘客，将会去向何方?
其实是这样：
一到白天，他便靠自己的双脚，
在附近流浪。

他就这么走啊，走啊……

可是，唉！

属于他的那个车站，永远在他找不到的地方。

没能找着工作，也没有遮风挡雨的住所，

每当夜幕降临，他便回到候车室里独坐。

他就这么等啊，等啊……

可是，唉！

属于他的那趟列车，却永远也不会发车。

清晨，当第一阵哨声在候车室里回荡，

梦里的他，正在工厂车间快乐地奔忙。

检票员见了，没有将他叫醒，

因为不忍心，打破他的梦境。

红　灯

前方红灯！
马上停车！

直达特快专列十万火急：
“我没法等，不然我会焦虑。
而且我来头不小，
你们快切换信号！”

红灯沉默不言，
继续凝视着漆黑的夜。

“我载着公爵和大使，

让我干等，实在放肆！”

红灯的目光依旧威严，

死死盯着笼罩一切的夜。

“我要向站长抗议，
还要找高层告状——
拦下我绝对是个错误，
我还载着部长和海军上将！”

专列扯着嗓子又叫又嚷，笛声鸣得震天响，
可红灯呢，根本不把它的话放在心上。

倘若有一天，
开往战场的列车要穿越某片陆地或海洋，
我们大家也要齐声冲它嚷：

“前方红灯！
马上停车！”

27号道房

我想搬进一间道房[1]，

每天住在道口边上。

房子要有两扇小窗，

为的是把帘子安上。

花坛里天竺葵飘香，

数字 27 就写在墙上。

---

1 道房是给养路工人和路况监察员住的小房子，通常建在道口（也就是道路和铁路相交处）附近。

各式火车

慢　车

慢车有一副好心肠，
能帮的忙它都尽量帮：
有些站小得像道房，
没有半点儿火车站的模样，
可它呢——
照样停靠，从不趾高气昂。

有时它也会着急发慌，
比方说这天浓雾笼罩，
害得它又要接连迟到……

那座无人问津的小站，
眼睁睁望着快车飞过，
对它竟然连看都不看，
心房顿时被忧伤填满！

“请停一停，时间不必长。
我小归小，一样有站长——
哨子也吹得震天响，
帽子上也有三道杠。
而且还有一位旅客，
眼下正在候车室里等着……”

“不行，真不行，
这回我没时间停。”
慢车狠狠心，

继续往前行。
但是红灯突然亮起……
啊哈！先前我跟你们说什么来着？
它心软了，它停下了：
“一分钟，我只待一分钟……”

小站为它送上最最热忱的接待！
站长戴着贝雷帽跑上站台，
售票员翻着时刻表冲到屋外，
乘客迈着将军般的步子踏进车厢，
行李搬运工傲气十足地跟在边上——
那神态，真该载入史册流传四方。

货运列车

黑乎乎的煤炭，
填满一节又一节车厢。
蓦地，
闪过一扇小窗——
一只牛犊，
正探着雪白的脑袋向外张望。

卧铺车厢

啊，假如火车上由我说了算……
在那些人满为患、阴雨绵绵的夜晚——

年幼的孩子睡在行李上，
乍一看像个鼓鼓的行囊；

年轻的水手往地上一躺，
梦见自己当上了船长……

不管这些人有没有买票，
我都要送他们去卧铺车厢睡一觉——

先分给他们一个漂亮的小隔间，

让他们躺到干净温暖的床铺上；

再由车轮滚动的声响，

哄他们慢慢坠入梦乡……

军用列车

一趟从都灵发出的军用列车上，
有个年纪轻轻的士兵正在歌唱，
悬空的双腿随着颠簸来回地晃，
沉甸甸的军靴不时地相互碰撞：

“亲爱的蒸汽火车司机，
请给活塞加点儿润滑油——
对于战争，我们已经受够；
只想回家，从此再也不走。”

年轻的士兵，还在唱个不停：
“一节车厢，
能塞八匹马，
或者四十个兵。”

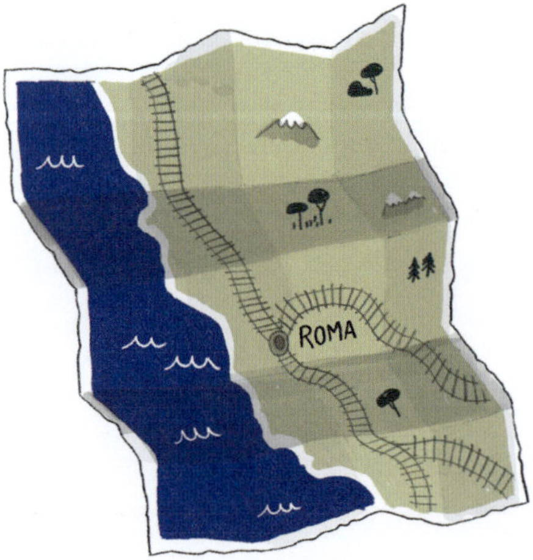
ROMA

走南闯北

火车上的
胖先生

在开往坎波巴索的直达列车上，
我瞧见一位膀大腰圆的胖先生：

其他人都站着，就他一人坐着，
屁股下还搁着，天鹅绒的垫子。

胖先生端坐在垫子上的那副样子，
就像老母鸡在孵一只纯金的崽子。

隧　道

隧道，
是关于黑夜的玩笑。

隧道里的夜晚，
就像它自己一样——
很短，很短。

多么漆黑、多么短暂的夜！
还没来得及害怕，
转眼已是白天。

六千列火车

六千列火车，满意大利地跑。
没有哪一天，不是这么热闹！

跑去米内尔维诺、比别纳，
跑去米兰、都灵、锡耶纳；

跑去巴里、佛罗伦萨，
跑去那不勒斯、威尼斯、拉斯佩齐亚。

到了皮亚琴察，它们横穿波河[1]，
从不掉进水里，回回奏响凯歌；

1　波河是意大利的第一大河。

雷焦卡拉布里亚的风景更加精彩，
你会见到火车乘着轮船漂洋过海！

假如六千列火车首尾相连，
将排成一条多么长的队列！

每列火车上都有一位司机，
盯着铁轨，随时下达指令。

火车头可不会自动往前冲——
只要司机不干，列车就集体罢工！

所以我恳请各位——
千万不要惹毛铁路员工……

冲出地球

好想有一天

好想有一天，
我们可以骑自行车去月亮上旅行，
不为别的，就为了搞清楚：
在那儿，是否跟在这里一样，
步履缓慢的人，不会横冲直撞。

好想有一天，
我们可以开电瓶车去月亮上旅行，
不为别的，就为了搞清楚：
在那儿，是否跟在这里一样，
保持沉默的人，不会大叫大嚷。

好想有一天，

我们可以乘小火车去月亮上旅行，

不为别的，就为了搞清楚：

在那儿，是否跟在这里一样，

周日没吃饭的人，周一会饿得慌。

太空火车站

太空火车站里，景象繁忙，
列车川流不息，来了又往。
还有专为穷人设置的头等车厢，
扩音喇叭，一刻不停地嚷嚷嚷：
“星际特快专列即将从一号站台发车，
下一站：土星！”
“从木星开出的卧铺车预计晚点三十九分钟，
到站时间，我们会继续跟进！”

候车室里立马有人抗议：
“怎么又要晚点？

从来没一点儿时间观念！”
“我得赶去冥王星，
抵达时间不能超过饭点！”
“你们搅黄了一笔大生意——
那些大佬肯定会对我有意见……”

角落里有一对腼腆的新婚夫妇，
此次出门，是为了把蜜月度：
去几颗遥远的小行星上小住，
顺道看望亲爱的罗莎姑妈——
在宇宙瞭望台里当门房的她，
已经好久没回过家。

这儿还有一位精明的推销员，
总劝人用分期付款的方式买冰箱。
他说海王星上还没有他的同行，
在那里他会日进斗金、前途无量。

那边有位姑娘是个缝纫高手，
这回专程去金星把手艺进修。
她的未婚夫却不禁有些发愁：
自己远在米兰，又没什么才干，
她要是嫁给金星人，那可怎么办！

报亭里陈列着各种太空报刊：

《大角星家园报》

《小熊星座公报》

《人马座观察家报》

（附赠精美漫画副刊）

……

再来瞄一眼新闻标题：

《天狼星锦标赛夺冠，全体居民彻夜狂欢》

《宇宙惊天大劫案：牧夫座银行被洗劫一空》

《火星凶杀案：案情侦破至今毫无进展》

……

等等，不对！
难道，整个太空，
仅仅是俄亥俄州或瓦雷泽省
某些村落的放大版？
撇开宇宙列车不谈，
所谓的太空火车站，
岂不完全可以建在
弗罗西诺内或皮亚琴察的郊外？

不过话说回来，
也许是有太多科幻片在我脑中作怪……

飞往月亮的列车

“开往火星的特快列车马上就要出发，
请乘客们抓紧时间上车，别把行李落下。

“将近九点的时候，
我们会先后在金星和木星停留。

“土星的光环散发着曼妙的清辉，
您可以在那儿享用大餐、观看演出，
或者参加星空舞会。

“我们还能带您去银河滑雪或者绕太阳一周，
与大熊星座相遇时，请不要害怕更不要害羞。”

这时，来了一位女士：
“唉！直达车已经开走，全怪我来得太迟！”

“亲爱的女士，您不必担心。
一刻钟后还有一班，这边请。”

“没事儿，我要去的地方挺近。
去月球，改乘无轨电车也行。”

人间百态

三等车厢·二等车厢·头等车厢

三等车厢——

工人、士兵和老妪，挤在长凳上。

有个狡猾的小农妇，提着一只筐：

老母鸡、小母鸡、小公鸡，全在筐里藏。

好家伙，只只都逃了票！

二等车厢——

一位旅行推销员，正在兜售奶酪，

逮住周围的乘客，一个劲儿地聊！

头等车厢——

一位外国富豪，正在大声叫嚣：

“意大利，美如画。

我要买下它，你们开个价！”

列车员想都没想，彬彬有礼地答道：

“我们才不会，把自己的祖国卖掉！”

F.S.
FS

看海的孩子

我认识一个十分可怜的孩子，
从来没见过大海是什么样子。

八月的假日，我要去他家接他，
带他坐火车，去奥斯蒂亚看海。

“到了，你看！”
我会告诉他，
“这就是大海，记得装一点儿回家！”

不过，我心里清楚：

手中的小桶，只够窃取大海的点滴；

睁大的双眼，才能带走大海的全部。

车窗外

记得有一次，
在沿亚得里亚海
（或蒂雷诺海）
前行的列车上，
我抬眼向窗外张望，
看见一座又新又美的小村庄，
每家每户都刷着漂亮的外墙，
电视天线在碧空中画出一道道杠……

一间破烂不堪的小屋，
孤零零地立在不远的地方，
宛若主人屋旁的狗舍，
旧得不像样——
说不定，
在尼禄[1]那个年代，
它就已经不是新房。

这是全村最丑的一间房，
就跟被废弃了一样。
不料，在大门正上方——
“学校”二字，
赫然映入我的眼眶。

---

1 尼禄是古罗马帝国的皇帝，出生于公元37年。

我脱口将它念出，

不过由于匆忙，

发音有不准的地方，

下一秒我赶紧纠正，

仿佛那是一种补偿……

如今，想到孩子们
要把如此破旧的屋舍当成家，
在这里一年年地艰难长大，
我脑中不禁跳出一个问号：
当初纠正发音是否必要，
还是说，
我本可以做得更多更好？

火车上的移民

移民的行李箱，
不沉，也不占地方……

一撮家乡的土壤，
伴我去异国流浪……

面包、水果、一件衣裳，
就是我此行全部的家当。

然而我的心，却没有被装进行囊，
因为我把它，留在了自己的故乡。

背井离乡，实在太让人心伤；
漂洋过海，我哪愿只身闯荡！

于是我的心，就像一条忠诚的老狗，
毅然留守在，让我求生无门的家乡。

那片小小的乡野，就是我出生的地方……
可火车跑得飞快，转眼它已消失在我的视线外。

火车上的割稻女工

割稻女工离开水田，
坐上火车归心似箭。
手里提着米袋，胸口塞着工钱，
口中哼着小曲，歌声快乐甘甜。
那些大米，实在少得可怜；
比米更少，是挣到的铜钱。

作者简介

贾尼·罗大里出生于1920年，是意大利著名儿童文学作家。1970年，罗大里被授予国际安徒生奖，这是世界儿童文学领域内的最高奖项，也有“小诺贝尔奖”的美誉。

罗大里毕业后从事新闻工作，长期担任记者和儿童副刊的编辑，同时开始为孩子们创作大量的诗和童话故事。从1950年开始，他在《少先队员》周刊连载长篇童话《洋葱头历险记》，受到了众多小读者的喜爱。随后罗大里又创作了《电话里的童话》《假话国历险记》《天上掉下大蛋糕》等精彩的作品，这些故事被翻译成各种语言，陪伴着全世界的儿童成长。中国的小读者对罗大里也不会陌生，他的《不会叫的狗》入选了初中语文课本，《不愿长大的小姑娘》入选了小学语文课本。

罗大里常常把生活当中的许多日常场景作为灵感，变成笔下故事的背景，展开一系列天马行空的想象。现实与幻想交相辉映，既有童真童趣的诙谐，又能举重若轻地引出对人生、历史、爱与美的思考，让小读者在欢笑中得到启迪。

译后记

贾尼·罗大里：
一位对童年怀有敬意的儿童文学作家

倘若用一句话来概括作家贾尼·罗大里的过人之处，那便是——既把儿童当作儿童，又不把儿童当作儿童。

罗大里对儿童的尊重并非停留在口头和理念上。他当过小学老师，投身写作后仍继续研究教育学和心理学。他不是关在书房里为想象中的小读者创作，而是频频走进校园，与孩子、老师、家长、图书馆馆长面对面地交流，尝试从各个角度进入孩子的世界，了解他们的所思所想，然后以他们能够理解和喜欢的方式，在创作中对他们的需求做出回应。罗大里重视沟通的有效性，但从不低估儿童的理解力。他把孩子视为平等的交流对象，不在他们面前刻意掩饰成人世界的脆弱和难题，以举重若轻、妙趣横生的方式向他们展示真实的人生，让他们看到不同的世界和人性。藏在文字背后的罗大里有态度，但不说教，放手让孩子自己去感受，在笑声中学会观察和思考，形成独立人格，伴着开放的心态和自由的灵魂步入社会。

罗大里将文字视作特殊的玩具，认为阅读首先应该是一种愉快的体验。得益于这一理念，这本以火车为主题的小书虽是诗歌体裁，却并不会让小读者望而却步。罗大里以非凡的观察力和想象力从平凡生活中提炼出令人叫绝的画面，不煽情矫饰，不故作高深，“轻”描“淡”写却别具神采，呈现出诗的意趣和美感：寥寥几笔之下，简陋的道房仿佛被镶进了画框，静谧的画面中透着日常生活的诗意（《27号道房》）；一句简单的比喻，使端坐在垫子上的胖先生形象跃然纸上，绝妙的漫画式笔触令人忍俊不禁（《火车上的胖先

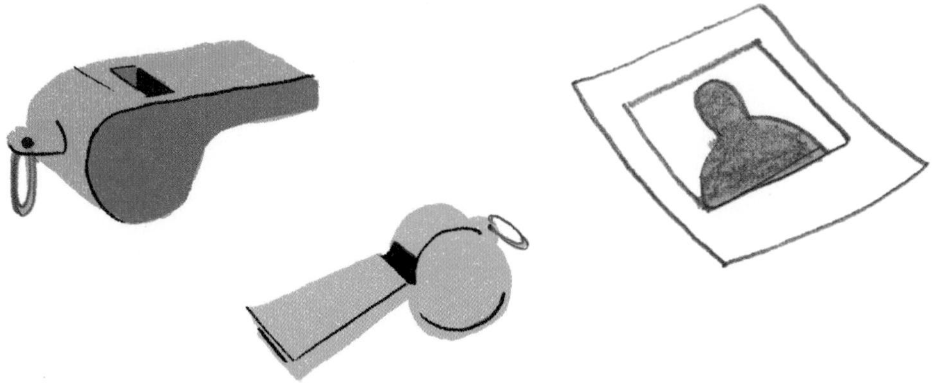

生》)；一声“只只都逃了票”的感叹，使公鸡母鸡身上闪现出“意式小聪明”的灵光，稀松平常的画面顿时变得喜感十足(《三等车厢·二等车厢·头等车厢》)……

罗大里相信“笑”的力量，但其作品的魅力并不止于趣味性。罗大里的创作有一个鲜明的特点：想象力天马行空却并不飘忽，在现实生活中总是有迹可循。翻看这本诗歌选集时，你尤其能感受到一种坚实的轻盈、一种对人性和人类处境的持续探索与关注，以及教师、记者、儿童文学作家和教育家这四重身份积淀的厚度。更难能可贵的是，尽管洞悉生活中的种种荒诞、残酷与不公，罗大里却没有把诗歌降格为呐喊和控诉的工具，而是用生动的画面代替抽象的情绪，以带着温度的笔触浸润心灵，既没有剥夺儿童“观看”世界的权利，又为他们做出了智性上的表率。以《军用列车》为例。在这首小诗中，罗大里没有让车厢里挤满哀嚎的伤员，而是聚焦于一位正在唱歌的年轻士兵。“一节车厢，能塞八匹马，或者四十个兵”——甚至都没用一个感叹号，就让人感受到战争的残酷和冰冷，随后便把主动权交给小读者，不用多余的言语干扰他们的思绪。

以罗大里的一句话作为结语：“我希望人人都去阅读——不是为了成为文学家或诗人，而是为了不再有人沦为奴隶。”

译者 毛蒙莎

2021年冬

图书在版编目（CIP）数据

飞往月亮的列车：罗大里童诗集 / (意) 贾尼 · 罗大里著；(意) 卢卡 · 塔格利亚菲戈绘；毛蒙莎译. -- 上海：上海人民美术出版社, 2022.8

ISBN 978-7-5586-2351-6

Ⅰ. ①飞… Ⅱ. ①贾… ②卢… ③毛… Ⅲ. ①儿童诗歌 - 诗集 - 意大利 - 现代 Ⅳ. ①I546.82

中国版本图书馆CIP数据核字(2022)第125296号

飞往月亮的列车：罗大里童诗集

著　　者：[意] 贾尼 · 罗大里

绘　　者：[意] 卢卡 · 塔格利亚菲戈

译　　者：毛蒙莎

项目统筹：尚　飞

责任编辑：康　华

特约编辑：周小舟

装帧设计：墨白空间 · 李易

出版发行：上海人民美術出版社

（上海市号景路 159弄A座7楼）

邮编：201101　电话：021-53201888

印　　刷：鸿博昊天科技有限公司

开　　本：889mmx1194mm 1/24

字　　数：45 千字

印　　张：3.5

版　　次：2022 年8月第1版

印　　次：2022 年8月第1次

书　　号：978-7-5586-2351-6

定　　价：58.00 元

FS